VENTE

Le Jeudi 27 Février 1890, à 2 heures

HOTEL DROUOT, SALLE N° 2

MODÈLES EN BRONZE

CROQUIS ET PLANS D'EXÉCUTION POUR L'ÉBÉNISTERIE

POUR

MEUBLES D'ART

avec droit de Reproduction

PROVENANT

de la Succession de M. Édouard LIÈVRE

Artiste Peintre et Dessinateur.

EXPOSITION PUBLIQUE

Le Mercredi 26 Février 1890

DE 1 HEURE A 5 HEURES 1/2

COMMISSAIRES-PRISEURS

Me LUCIEN LÉMON	Me PAUL CHEVALLIER
3, rue Rossini, 3.	10, rue Grange-Batelière, 10.

EXPERT

M. G. SERVANT, ❋, 61, rue de Saintonge.

CATALOGUE

DES

MODÈLES EN BRONZE

Croquis et plans d'exécution pour l'ébénisterie

avec droit de reproduction

POUR

MEUBLES D'ART ET DE DÉCORATION

De style Renaissance, style Louis XVI, style Japonais

Suite de très beaux Vases et Jardinières

De style persan et japonais

Statuettes en bronze — Modèles en plâtre inédits

Provenant de la succession de M. Édouard LIÈVRE

Artiste peintre et dessinateur

DONT LA VENTE AUX ENCHÈRES PUBLIQUES AURA LIEU

HOTEL DROUOT, SALLE N° 2

Le Jeudi 27 Février 1890

à 2 heures

COMMISSAIRES-PRISEURS

Me Lucien LÉMON — 3, rue Rossini, 3

Me Paul CHEVALLIER — 10, rue de la Grange-Batelière, 10

EXPERT

M. G. SERVANT, ✻, 61, rue de Saintonge.

EXPOSITION PUBLIQUE

Le Mercredi 26 Février 1890, de 1 heure à 5 heures 1/2

CONDITIONS DE LA VENTE

Elle sera faite *expressément* au comptant.

Les Acquéreurs payeront CINQ POUR CENT en sus des adjudications, applicables aux frais de la vente.

L'Exposition mettant les acquéreurs à même de se rendre compte de l'état et de la nature des objets, il ne sera admis aucune réclamation une fois l'adjudication prononcée.

Paris. — Imp. de l'Art, E. MÉNARD et Cie, 41, rue de la Victoire.

DÉSIGNATION DES OBJETS

STYLE RENAISSANCE

1-2 — Modèles style Renaissance : entourage de porte formé par une guirlande de fruits enlacée de rubans ; deux médaillons en haut-relief : Têtes de Mars et de Junon ; têtes de chérubins pour le fronton, pour :

Une grande vitrine à colonnes et pilastres détachés sur les côtés.

Croquis et deux plans différents d'exécution pour l'ébénisterie.

Deux panneaux.

3-4 — Modèles style Renaissance : grandes consoles et guirlandes de fruits ; autre console à tête de lion et satyres, pour :

Grande vitrine à trois corps.

Croquis et plan d'exécution pour l'ébénisterie.

Deux panneaux.

5 — Modèles style Renaissance : consoles à têtes de béliers, pour la partie du haut ; consoles de support, rinceaux et vases, pour :

Dressoir ou consoles.

Deux croquis divers et plan d'exécution pour l'ébénisterie.

6 — Modèles style Renaissance : chapiteaux riches, bracelets et embases, riches appliques broderie repercées, deux médaillons : Charles VII et Agnès Sorel, avec

encadrement de culots; deux statuettes : Antinoüs et Iris, pour :

Cabinet et crédence.

Croquis et plan d'exécution pour l'ébénisterie.

Sera vendu avec le n° 7.

7 — Modèles style Renaissance : vase ovale, consoles à écussons, applique à tête de Diane, petit balustre, appliques ornées et appliques à bossages ajourées, pour :

Une crédence à fronton et à trois pans, panneaux à losanges.

Photographie, deux croquis divers et plans d'exécution pour l'ébénisterie, pour deux meubles.

Sera vendu avec le n° 6.

8 — Modèles style Renaissance : colonnes et ornements niellés découpés à jour, guirlandes d'olivier supportées par des chimères, pour :

Un cabinet.

Croquis et plan d'exécution pour l'ébénisterie.

Sera vendu avec le n° 9.

9 — Modèles style Renaissance : embase et chapiteau pour colonnette, guirlande, frises ornées, balustre, colonnette bronze, poignée et applique, pour :

Un meuble à panneaux pleins.

Croquis et plans d'exécution pour l'ébénisterie.

Sera vendu avec le n° 8.

10 — Modèles de style Renaissance : nielles ajourés, avec bas-reliefs d'après Jean Goujon, pour :

Un grand miroir.

Croquis et plan d'exécution pour l'ébénisterie.

11 — Modèles style Renaissance : bossages et enroulements, pour :

Un grand miroir.

Plan d'exécution pour l'ébénisterie.

12 — Modèles style Renaissance flamande : fronton uni et cartouche à tête de satyre, pour :

Un miroir.

Croquis et plans d'exécution pour l'ébénisterie.

13 — Modèles style Renaissance, pour :

Un chevalet-pupitre formant l'X.

Croquis et plans d'exécution pour l'ébénisterie.

14 — Modèles style Renaissance : fronton à enfants, écoinçons à têtes de chérubins et pendentifs à têtes de satyres, pour :

Cabinet ou meuble à bijoux.

Croquis et plans d'exécution pour l'ébénisterie.

15 — Modèles style Renaissance : poignée, appliques, etc., pour :

Une bibliothèque ajourée.

Photographie.

16-17 — Modèles style Renaissance : chapiteaux, bagues et embases, fronton à enroulements, feuilles à rubans, appliques, trophées guerriers, deux médaillons : Mars et Bellone, pour :

1° Un cabinet à deux corps, pilastres à jour ;

2° Une vitrine à trois corps, pilastres et colonnes ;

3° Une armoire à glace à trois corps, avec pilastres ;

4° Une vitrine à deux corps, à pilastre et fronton ;

5° La même vitrine, à porte pleine.

Cinq croquis et plans d'exécution pour l'ébénisterie.
Deux panneaux.
Le motif feuilles à coquille est partagé avec le n° 15.

18-19 — Modèles style Renaissance : grand écusson supporté par des guirlandes de fruits et culots, chapiteau, embase, couvre-consoles, etc., pour :
Trois cheminées monumentales.
Deux panneaux.
Trois croquis et plans d'exécution pour l'ébénisterie.

20 — Modèles style Renaissance : bas-reliefs pendentifs : attributs guerriers, nielles, appliques à têtes et vase de couronnement, pour :
Cabinet ou meuble à bijoux; forme crédence.
Photographie.
Le motif feuilles à coquille est partagé avec le n° 120.
Sera vendu avec le n° 21.

21 — Modèles style Renaissance : applique tête de satyre à rubans, consoles à têtes, appliques guirlande et unies, chapiteau, embase, guirlande lauriers pour colonnettes, pour :
Une bibliothèque portique à glace, le corps du bas à portes pleines.
Croquis et plan d'exécution pour l'ébénisterie.
Sera vendu avec le n° 20.

22 — Modèles style Renaissance : écusson à fleurs avec grands nielles à jour et colonnettes unies formant balustrade, pour :
Cadre de glace et jardinière.
Croquis et plans d'exécution pour l'ébénisterie.

23 — Modèles style Renaissance : crosse ajourée, pirouettes pour entrejambes et clous riches ajourés, clous et pirouettes unis, pour :

Chaises à grands et petits dossiers.

Croquis et plans d'exécution pour l'ébénisterie.

24 — Modèles style Renaissance : chapiteau, bracelet, embase, applique à écusson, rubans et fleurs, pour :

Une gaine.

Croquis et plan d'exécution pour l'ébénisterie.

25 — Modèles style Renaissance, pour :

Une horloge à huit colonnettes, cadran décoré de mascarons et fleurons, plaquettes ajourées et petit balustre.

Croquis et plan d'exécution pour l'ébénisterie.

26 — Modèles Renaissance : chapiteau, bracelet et guirlande pour les colonnes, grand médaillon à tête de femme casquée, ornements, anse et crochet, pour :

Grande fontaine ou lavabo.

Deux croquis divers et deux plans d'exécution pour l'ébénisterie.

27 — Modèles style Renaissance : consoles supportant des vases, bagues pour colonnettes-appliques, horloge à colonne surmontée d'un buste de Diane.

Embase en bronze pour supporter l'horloge seule.

Croquis et photographie.

28 à 32 — Modèles style Renaissance : consoles à chérubins ailés, balustrade à bossages, grandes appliques à pilastres, vases, etc., guirlandes, bagues et culots pour colonnes, pour :

Deux grands lits de parade, dont l'un à baldaquin carré et l'autre à dôme avec entourage à galerie et vases.

Croquis et plans d'exécution pour l'ébénisterie.

Cinq panneaux.

33 — Modèles style Renaissance : applique à tête et à écossa, chapiteau, appliques genre cuir, flèche de pilastre, vase, bague, appliques, etc., pour :

1° Un grand lit ;

2° Une psyché.

Deux croquis divers et plans pour l'ébénisterie.

34 et 34 *bis*. — Modèles style Renaissance : deux têtes d'applique sur écusson, enroulements, coquille, applique découpée à diamant uni, colonne à deux balustres, consoles, etc., pour :

1° et 2° Un dressoir ou une vitrine à étagère ;

3° Une vitrine à trois corps ;

4° Une bibliothèque.

Croquis et plans d'exécution pour l'ébénisterie.

Deux panneaux.

35-36 — Modèles style Louis XIII : frises, postes, grandes appliques pour ;

Pilastres, pendentifs à fruits, guirlandes, écusson, cartouche, cuirs et colonne de support.

Servant de modèles pour la sculpture d'un meuble de salon à trois panneaux à huit colonnes.

Deux panneaux.

Croquis et plan d'exécution pour l'ébénisterie.

En plâtre seulement.

37-38 — Modèles style Renaissance : fronton à feuilles et à vases, colonne ornée, chapiteau, balustre à feuilles, embase à cariatides d'enfants ailés, pour :

Grande vitrine à trois corps.

Deux panneaux.

Croquis et plan d'exécution pour l'ébénisterie.

39 — Modèles style Renaissance : appliques à feuilles, poignée, deux consoles à têtes-appliques à fruits et cintrées, clous et pièces découpées à bossages, pour :

1° Un cabinet;

2° Une table.

Croquis et plans d'exécution pour l'ébénisterie.

40 — Modèles style Renaissance : vase, frise, rosace, appliques, draperie, chapiteau et embase pour colonnettes, balustre double applique et balustre ronde bosse, pour petit meuble d'entredeux à porte pleine.

Croquis et plans d'exécution pour l'ébénisterie.

41-42 — Modèles style Renaissance unie : balustre orné, balustre et colonnette unie, écusson, modèle plâtre de panneau, formant quatre meubles.

Croquis et plans d'exécution pour l'ébénisterie.

Deux panneaux.

43 — Modèles style Renaissance, pour :

Grande glace d'antichambre.

Croquis et plan d'exécution pour l'ébénisterie.

44 — Modèles style Renaissance ou flamande, pour :

Buffet ou vaisselier à galeries.

Croquis et plan d'exécution pour l'ébénisterie.

45 — Modèles style Renaissance flamande, pour :

Une table.

46 — Modèles style Louis XIII, genre ferrures, rinceaux et fleurs, pour :

Support de fontaine.

Dessin.

*

47 — Lot de modèles style Renaissance : vase, écussons, chapiteaux, applique à tête de lion et anneau, appliques découpées, balustre, écoinçons, consoles, etc.

48 — Modèles style Renaissance : grand écusson avec lion héraldique, console, écusson uni, etc.

49 — Lot de modèles style Renaissance : chapiteau, bracelets de colonnes, appliques à bossages ajourés, consoles et appliques.

Une console à tête en fonte seulement, inédite.

50 — Lot de modèles style Renaissance : deux médaillons à têtes, appliques à rinceaux et oiseaux, applique à tête de satyre, moulures, poignée, appliques, etc.

Deux bas-reliefs : Minerve et Vénus, par Deloye, sculpteur.

Ces deux bas-reliefs en fonte seulement, inédits.

51 — Lot de modèles style Renaissance : tête d'Hercule sur peau et griffes de lion, chapiteau, embase, écoinçons à fleurs, consoles, etc., pour :

Meuble à quatre faces.

Croquis et plans d'exécution pour l'ébénisterie.

52-53 — Modèles style Renaissance : genre ferrure, écusson et grands enroulements, applique pour anse à tête de satyre, pour ;

Grande jardinière.

Photographie, croquis et plans.

Deux panneaux.

54 — Lot de modèles style Renaissance : deux frontons à écusson et à vase, appliques à bossages, guirlandes, etc.

Croquis et plan d'exécution pour l'ébénisterie.

55 — Médaillon : Mars, tête casquée et cimier à chimère, par Deloye, sculpteur.

56 — Lot de onze pièces Renaissance : trophées de guerre, pilastres, frises, etc.

Ces modèles sont en fonte seulement.

DRESSOIR STYLE LOUIS XV

57 — Modèles style Louis XV : couronnement à coquille et feuilles, petit balustre, consoles-appliques à culots détachés, guirlandes; etc., pour :

Dressoir, vitrine ou dessus de console.

Ces modèles inédits et non terminés sont mi-partie ciselés et mi-partie en fonte seulement.

La maquette de la console qui n'a pas été exécutée est en plâtre seulement.

Croquis.

STYLE LOUIS XVI

58 à 61 — Modèles style Louis XVI : trophée de musique sur lambrequin, trophées à masques : Tragédie et Comédie, grandes guirlandes de fleurs, frises, bas-reliefs, colonne d'angles à feuilles et à fleurs, pilastre à enfant, appliques, consoles, etc., pour :

Une grande armoire à porte pleine, se fait en vitrine.

Croquis divers et plans d'exécution pour l'ébénisterie.

Quatre panneaux.

62 à 64 — Modèles style Louis XVI : écusson à rubans et guirlandes de fleurs, deux médaillons soutenus par des

cornes d'abondance, grand médaillon ovale, frises, consoles, colonne formant balustre à feuilles de lauriers, culots à feuilles, etc., pour :

Un dressoir se faisant également en console.

Photographie, croquis divers et deux plans d'exécution pour l'ébénisterie.

Trois panneaux.

65 à 68 — Modèles style Louis XVI formant trois meubles :

1° Branches de chêne, guirlandes de fleurs, grande frise à enroulements, bas-reliefs : Amours brûlant des papillons, avec colonnette à balustre, pour :

Une grande vitrine.

2° Écusson à palmes, guirlandes de fleurs, bas-relief : Fête à Bacchus, d'après Clodion, frises à enroulements, pour :

Une grande armoire à glace à trois corps.

3° Bas-relief : Amour vainqueur, entourage à rubans, frises, pendentifs, poignées, bras de lumière, branche bobèche, etc., pour :

Une grande armoire à glace à trois corps et à tiroir.

Quatre panneaux.

Trois croquis et plans d'exécution pour l'ébénisterie.

Seront vendus avec le n° 69.

69 — Modèles style Louis XVI : écusson, moulure, pendentif, pour :

Une gaine.

Croquis et plan d'exécution pour l'ébénisterie.

Sera vendu avec les n°s 65, 66, 67, 68.

70-71 — Modèles style Louis XVI : frises à fleurs de marguerites en haut-relief, guirlandes de fleurs, trois médaillons, pied balustre entouré de fleurs, pour :

Table.

Deux panneaux.

Croquis et plan d'exécution pour l'ébénisterie.

72 — Modèles style Louis XVI : rais de cœur, coquilles à feuilles, chute, etc., pour :

Petite table.

Croquis et plan d'exécution pour l'ébénisterie.

73 — Modèles style Louis XVI : consoles sur le dessus du meuble, couronnement et médaillons, pour :

Armoire à deux portes.

Croquis et plan d'exécution pour l'ébénisterie.

74 — Modèles style Louis XVI : fronton à palmes et rubans, pour :

Un lit.

Croquis et plan d'exécution pour l'ébénisterie.

75 — Modèles style Louis XVI : guirlandes de fleurs, écusson, rais de cœur et moulures, pour :

Une commode. (Manque la colonne.)

Croquis et plan d'exécution pour l'ébénisterie.

76 — Modèles style Louis XVI : fronton, culot de balustre et vase d'entretoise, pour :

Chaises et fauteuils et une table.

Croquis et plans d'exécution pour l'ébénisterie.

77 — Modèles style Louis XVI : pendentifs à feuilles de chêne et feuilles de laurier, rosace, culot de balustre et entretoise, pour :

Meuble de salon et vitrine.

Croquis et plans d'exécution pour l'ébénisterie.

78 — Modèles style Louis XVI : écusson cuir accolé de lauriers et de rubans, grande console à feuilles d'acanthe, vase à têtes de bélier, frises, poignée, moulure, etc.

En plus : une colonnette de même style pour support de la tablette d'un dressoir simple, garni des éléments ci-dessus.

Deux croquis divers et deux plan d'exécution pour l'ébénisterie.

79 — Modèles style Louis XVI : grand bas-relief, offrande à Bacchus, d'après Clodion, entourage à feuilles, frises de roses, support à feuilles, pilastre d'encoignure, guirlande de lauriers à rubans, vase milieu de l'entretoise, pour :

Meuble à bijoux.

Croquis et plan d'exécution pour l'ébénisterie.

80 — Lot de modèles style Louis XVI : consoles, frises, feuilles d'acanthe, appliques, lettres en relief, colonnette, etc.

81 — Lot de modèles style Louis XVI : guirlandes, chutes de fleurs, écoinçons, rubans, feuilles et bas-relief enfant.

STYLE JAPONAIS

82-83 — Modèles style japonais : beau cadre à détails très fins se posant sur la porte, chimères cintrées entourant les colonnettes, fronton avec applique ajourée, pied support, décoré d'entrelacs, pour :

Cabinet et vitrine.

Deux panneaux.

Croquis et plans d'exécution pour l'ébénisterie.

84 — Modèles style japonais : grande tête d'éléphant avec trompe servant de pied et collerette, pour :

Grand support.

Plan d'exécution pour l'ébénisterie.

85-86 — Modèles style japonais : tiges de bambous et feuillages groupés.

Les tiges sont entaillées pour recevoir des tablettes en glace, pour :

Une étagère.

Un panneau. Pièces détachées.

Croquis d'exécution.

87 à 89 — Modèles style japonais : crête à grecque et dragons en bas-relief, dragons rampants pour les angles, appliques pour embase et côtés, grosse tête d'éléphant richement caparaçonnée servant de support, pour :

Une grande vitrine à étagère intérieure, bambous, dont détail suit.

Croquis et plan d'exécution pour l'ébénisterie.

Modèles style japonais : tiges de bambous et feuillages. Les tiges sont entaillées pour recevoir les glaces formant tablette, pour :

Grande étagère, se plaçant dans la vitrine n° 87.

Modèles style japonais : embase pleine avec balustre, servant de support à l'étagère ci-dessus.

91 à 93 — Modèles style japonais : grosse tête d'éléphant formant support, grande chimère se posant sur les côtés, appliques et rosace, pour :

Un lit.

Trois panneaux.

Croquis et plans d'exécution pour l'ébénisterie.
La tête d'éléphant est propriété partagée.

94 — Modèles style japonais : moulures de tresses, pour :
Petite étagère à côtés pleins.
Croquis d'exécution.

95 — Modèles style japonais : anse carrée, branche de bambou à feuillages pour pieds, branche de pommier en fleurs pour les plateaux et chiffre au bonheur éternel, pour :
Table à thé.
Croquis et plan d'exécution pour l'ébénisterie.

96 — Modèles style japonais, pour :
Une petite table.
Croquis et plan d'exécution pour l'ébénisterie.

97 — Modèles style japonais : tête de chimère à langue ornée, patin riche, gros culot ajouré pour l'entretoise, pour :
Une table.
Plus deux calibres découpés.
Croquis et plans d'exécution pour l'ébénisterie.

98 — Modèles style japonais : fronton diadème et arabesques ajourés et à tête, deux grandes chimères pour support, appliques, etc., pour :
Une étagère avec vitrine au centre.
Croquis et plan d'exécution pour l'ébénisterie.

99 — Modèles style japonais : entourage ajouré, pied quadrangulaire à moulures et entrejambes à jour, pour :
Une grande table.
Croquis et plan d'exécution pour l'ébénisterie.

100 — Modèles style japonais : grande tête d'éléphant richement caparaçonnée de perles et rosaces, grand lambrequin ajouré, pour :

Un grand support.

101 — Modèle style japonais : entourage à jour, appliques formées par des chimères, tortues et oiseaux, pour :

Un grand support.

Croquis et plan d'exécution pour l'ébénisterie.

102 — Modèles style japonais : encadrements ajourés, cadres, etc., pour :

Chaises, fauteuils et canapés.

Croquis et plans d'exécution pour l'ébénisterie.

Sera vendu avec les n°s 103, 104, 105, 106.

103 — Modèles style japonais : fronton à enroulements et têtes de chimères, oiseaux, bandes, poignées, attaches et nombreuses appliques ajourées, crosses, etc., composant :

1° Un meuble d'entredeux à portes pleines;

2° Une vitrine à hauteur d'appui ;

3° Une vitrine à étagère ;

4° Une petite armoire à grand panneau ;

5° Petit meuble à tiroirs et portes pleines ;

6° Vitrine à étagère ;

7° Un écran riche ;

8° Un écran simple.

Neuf croquis et cinq plans d'exécution pour l'ébénisterie.

Sera vendu avec les n°s 102, 104, 105, 106.

104 — Modèles style japonais : fronton, appliques, encoignures, rosaces, bandes ajourées, poignée, pour :

1° Un dressoir à tablettes ;

2° Une grande vitrine à trois corps ;

3° Une vitrine à étagères ;

4° Une vitrine à étagères ;

5° Une grande armoire à portes pleines ;

6° Une grande vitrine, étagère sur les côtés, le milieu plein ;

7° Une grande étagère, à deux corps sur les côtés, le milieu à glace.

Sept croquis et plans d'exécution pour l'ébénisterie.

Sera vendu avec les nos 102, 103, 105, 106.

105 — Modèles style japonais : appliques, crosses et bouton en forme d'artichaut, pour :

Une vitrine-étagère.

Sera vendu avec les nos 102, 103, 104, 106.

106 — Lot de modèles style japonais : appliques, bandes cintrées, appliques ajourées, etc.

Sera vendu avec les nos 102, 103, 104, 105.

107 — Modèles style japonais : fronton à deux chimères, support à quatre pieds, entrejambes, feuillages bambous et fleurs de pommier ; chiffre de longévité, pour :

Petit cabinet.

Croquis.

108 — Modèles style japonais : bambous avec médaillons : oiseaux, phénix et tortue ; chiffre au bonheur éternel, pour :

Petite table.

Croquis et plan d'exécution pour l'ébénisterie.

109 — Modèles style japonais : bambous, feuillages et chiffre impérial, pour :

Petite table.

Plan d'exécution pour l'ébénisterie.

110 — Modèles style japonais : collerette, tête de chimère à langue ornemanisée, encoignures, anse, jambe ornée à détails très fins, etc., pour :

Grand support.

Croquis et plan d'exécution pour l'ébénisterie.

111 — Lot de modèles style japonais : poignées à fleurs de pêcher, consoles, moulures, appliques, etc.

Croquis et plan d'exécution pour l'ébénisterie.

112 — Lot de modèles style japonais : bambous pour monture et pied, pour :

Un guéridon.

Croquis.

113 — Deux chimères style japonais.

Fondues sur ancien.

En fonte seulement.

VASES

Styles persan et japonais.

114 — Grande jardinière, style persan à oreilles, sur pied à huit pans dentelés.

115 — Vase style persan, grand modèle à panse arrondie, oreille plate et anse, collet pour le monter en lampe, sur pied carré découpé.

116 — Vase style persan, avec anse, couvercle et goulot formant aiguière. Pièces détachées pour le monter en lampe.

117 — Vase style japonais à fleurs en relief, tiges gravées avec pied ajouré. Pièces pour lampes.

Propriété réservée pour la céramique.

118 — Vase style japonais uni, anses fleurs de pêcher. Pièces pour lampes sans galerie.

119 — Vase style japonais, à col évasé et uni, anses à têtes de chimères.

120 — Vase style japonais, forme balustre, avec pièce pour lampe (sans la galerie).

121 — Grand support style japonais à six pieds, rosaces et lambrequin ajouré.

122 — Support style japonais à six pieds, uni.

123 — Jardinière style chinois, anses et pieds à bambous, couvercle à feuillages de bambou ajourés.

124 — Jardinière style japonais, de forme allongée, avec anses et dragons sur la panse.

125 — Jardinière style japonais à dragons.

126 — Jardinière style chinois, à entourage, décor et anses bambous.

127 — Vase style japonais, décor à croisillons et anses fixes.

128 — Vase style japonais, forme buire, fond uni, à bambous et anses, fleurs de pêcher.

129 — Vase style japonais; décor à dragons sur des nuages, dans des médaillons.

130 — Vase style japonais, forme balustre, et à lambrequin, anses à têtes et à perles.

131 — Vase style japonais, à six pans et à dragons.

132 — Vase style japonais, à collerette.

133 — Petite jardinière style japonais, forme carrée, décor de fruits.

134 — Petite coupe unie style japonais, anses surélevées, genre osier.

135 — Vase style japonais, à panse surbaissée, avec anses à trompes.

136 — Petit vase style japonais, uni. Le col est entouré d'un dragon.

137 — Vase style japonais, à long col, panse surbaissée et têtes de Chien de Fô.

138 — Petit vase style japonais, en forme de tube, à lambrequin.

139 — Vase style japonais, à médaillons : Oiseaux ; couvercle à chimère.

140 — Vase style japonais, uni, évasé, avec anses à têtes de chimères.

141 — Vase style japonais, à broderie.

142 — Vase style japonais, genre vannerie.

143 — Vase style japonais, forme balustre, à six pans, décor à lambrequin.

144 — Jardinière style japonais, forme carrée, avec bas-relief : le Dieu de la Sagesse.

145 — Vase style japonais, à trois pieds, décor uni à bambous et feuilles.
Propriété réservée pour la céramique.

146 — Bassin style japonais, à grecques et anses à chimères.
Propriété réservée pour la céramique.

147 — Vase style japonais, à médaillons et lambrequin.
Propriété réservée pour la céramique.

148 — Vase style japonais, à dragons et oiseaux, anses formées par des salamandres.

149 — Vase style japonais, form e losange, anses àmouches.

150 — Vase style japonais, forme carrée évasée.

151 — Vase style japonais, fond dentelle, anses à mouches.

152 — Vase style japonais, forme tambour, goulot carré évasé, avec anses chimères.

153 — Grand vase style japonais, forme cornet à renflement au centre et entouré de dragons.

154 — Vase style japonais, réduction du précédent.

155 — Vase style japonais, forme piton à lambrequin.
Propriété réservée pour la céramique.

156 — Vase style japonais, forme baril avec bambous et papillons, bas-relief.
Propriété réservée pour la céramique.

157 — Vase style japonais, fond dentelles.
Fonte seulement.

158 — Vase style japonais, à lambrequin fond uni.
Galvano.

159 — Vase style japonais, décor à papillons volant dans des nuages.
Fonte seulement.

160 — Vase style japonais, forme cornet.
Fonte seulement.

161 — Vase style japonais, lobé et à trois pieds à têtes d'éléphant.
Fonte seulement.

162 — Vase style japonais, avec plante bambou.
Fonte seulement.

163 — Deux pieds style japonais.
Fonte seulement.

164 — Vase style japonais, genre vannerie.
Fonte seulement.

165 — Lot de quatre pieds unis, style japonais.

166 — Support style japonais, à six pieds et embase.
En fonte seulement.

STATUETTES — GROUPE

167 — Statuette : Antinoüs. Première grandeur.

168 — Statuette : Iris. Première grandeur.

169 — Statuette : Antinoüs. Deuxième grandeur.

170 — Statuette : Iris. Deuxième grandeur.

171 — Groupe : Amour apprêtant son arc.
Fonte seulement.

172 — Grand bas-relief : Offrande à Bacchus, d'après Clodion.
En fonte seulement.

173 — Deux bas-reliefs ovales : Vénus aux colombes; Offrande à l'Amour.
En fonte seulement. (Inédits.)

174 — Lot de moulures.

175 — Lot de moulures.

176 — Lot de moulures.

177 — Lot de moulures.

178 — Lot de pièces d'enfilages et de tour.

179 — Lot de moulures rondes.

180 — Lot de grandes gorges, pièces de tour.

MODÈLES EN PLATRE INÉDITS

181 — Deux statuettes : Mars et Minerve, par Guillemin, statuaire.

En plâtre seulement. (Inédites.)

182 — Lot de modèles ornements.

En plâtre seulement.

183 — Deux bas-reliefs : figures de femmes. — Deux bas-reliefs : Enfants.

En plâtre seulement. (Inédits.)

184 — Sous ce numéro : photographies, dessins, croquis divers de tous styles avec plans d'exécution.

185 — Très beau meuble en noyer sculpté, formant armoire à glace, orné de colonnes détachées.

Le fronton est orné d'une frise à godrons avec feuille d'acanthe. Une large moulure sculptée, à fleurs lobées, encadre la glace biseautée. Le bas s'ouvre à tiroir avec poignées en bronze.

186 — Objets non catalogués.

www.ingramcontent.com/pod-product-compliance
Lightning Source LLC
LaVergne TN
LVHW052016160826
845678LV00003B/1079

* 9 7 8 2 3 2 9 6 4 3 7 5 5 *